CB070047

ALI BABÁ E OS QUARENTA LADRÕES

CLÁSSICOS ILUSTRADOS

ALI BABÁ E OS QUARENTA LADRÕES

Tradução: Regina Drummond

Moby Dickens

COPYRIGHT © 2022 WISE EAGLE
COPYRIGHT © FARO EDITORIAL, 2022

Todos os direitos reservados.
Nenhuma parte deste livro pode ser reproduzida sob quaisquer meios existentes sem autorização por escrito do editor.

Moby Dickens é um selo da Faro Editorial.

Diretor editorial: **PEDRO ALMEIDA**

Coordenação editorial: **CARLA SACRATO**

Preparação: **ALESSANDRA PONOMARENCO JUSTO**

Revisão: **BÁRBARA PARENTE**

Adaptação de capa e diagramação: **CRISTIANE | SAAVEDRA EDIÇÕES**

Dados Internacionais de Catalogação na Publicação (CIP)
Jéssica de Oliveira Molinari CRB-8/9852

Galland, Antoine
  Ali Babá e os quarenta ladrões : clássicos ilustrados / Antoine Galland ; tradução de Regina Drummond. — São Paulo : Faro Editorial, 2021.
  36 p. : il, color.

  ISBN 978-65-5957-141-3
  Título original: Ali Baba and the forty thieves

  1. Literatura infantojuvenil I. Título II. Drummond, Regina

22-1223   CDD 028.5

Índice para catálogo sistemático:
1. Literatura infantojuvenil

FARO EDITORIAL

1ª edição brasileira: 2022
Direitos de edição em língua portuguesa, para o Brasil, adquiridos por FARO EDITORIAL

Avenida Andrômeda, 885 – Sala 310
Alphaville – Barueri – SP – Brasil
CEP: 06473-000
WWW.FAROEDITORIAL.COM.BR

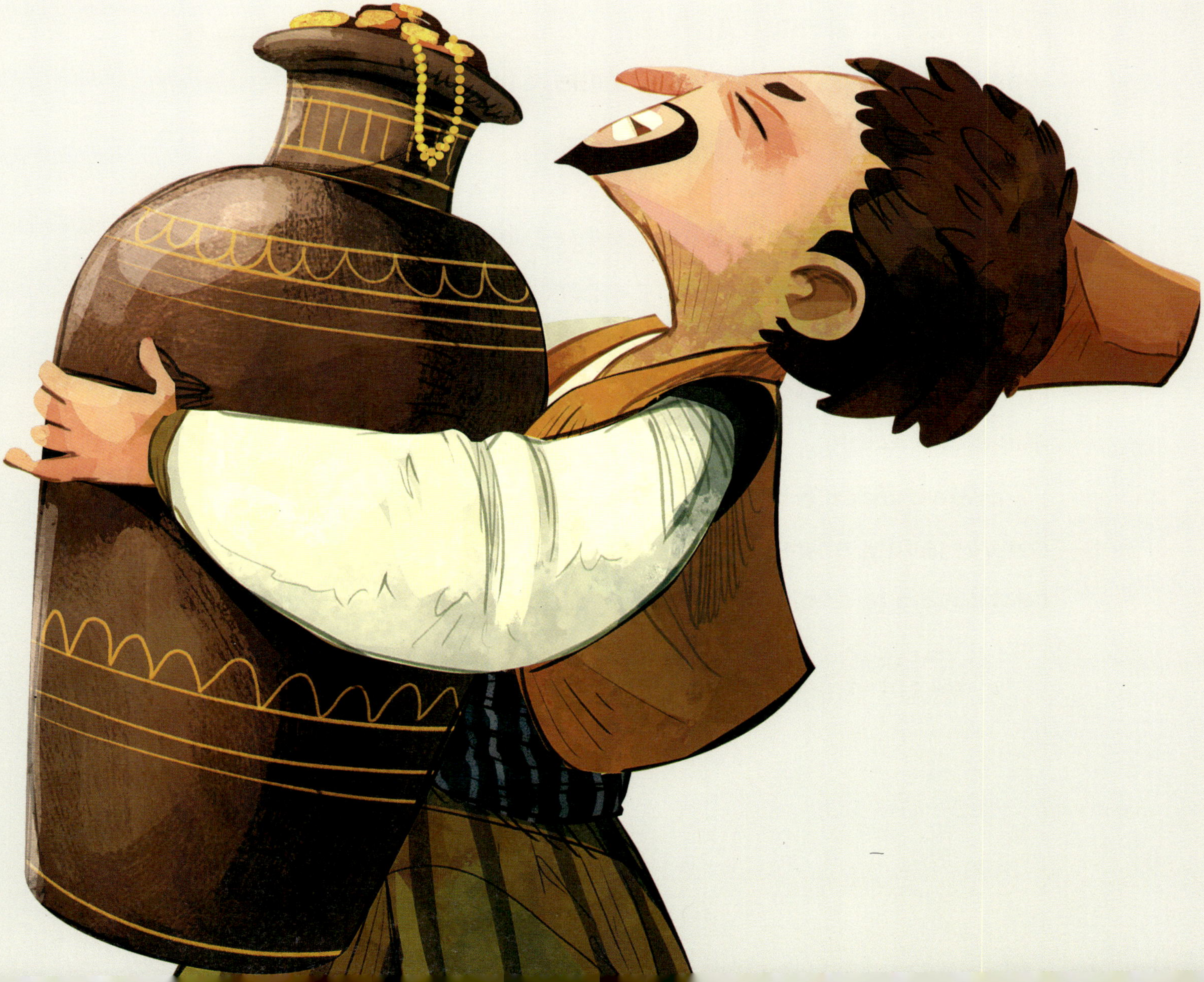

Ali Babá e seu irmão Cassim viviam na cidade de Bagdá. Eles eram muito diferentes: Ali Babá seguiu seu coração. Se casou com uma moça simples, chamada Jamila, e trabalhava como lenhador. Já Cassim, mais ambicioso, escolheu Sada, filha de um homem rico.

Um belo dia, Ali Babá, enquanto cortava uma árvore na floresta, ouviu o barulho de muitos cavalos, então, por segurança, se escondeu atrás de uma pedra e esperou que todos passassem. Um a um, os homens foram se aproximando e, enquanto eles passavam, Ali Babá ouvia o som das moedas que estavam dentro dos sacos que eles traziam.

Eram quarenta homens e, parados na frente de uma caverna, conversavam animados sobre o que fariam com o tesouro que guardavam lá dentro.

7

O líder chegou perto da caverna, pediu silêncio e gritou:

— Abra-te, Sésamo!

Ali Babá não conseguia acreditar em seus olhos, pois a porta da caverna se abriu, e os quarenta homens entraram nela montados em seus cavalos.

Pouco tempo depois, eles saíram de lá e, como antes, o líder gritou as palavras mágicas que, agora, eram um pouco diferentes:

— Fecha-te, Sésamo!

Ali Babá, com medo de ser visto, se escondeu atrás da pedra novamente e esperou até que tudo ficasse silencioso.

Curioso, Ali Babá foi até as rochas que tampavam a caverna e resolveu tentar entrar.

— Abra-te, Sésamo — gritou e, ao ver que a caverna se abriu, aproximou-se bem devagar.

Para sua surpresa, a caverna estava cheia de moedas de ouro e prata, de pedras preciosas e de tudo de mais caro que existia no mundo. Era um tesouro tão grande, que Ali Babá achou que os quarenta homens nem perceberiam se ele levasse um pouco para dar uma vida mais confortável a Jamila. Assim, encheu um dos sacos vazios que encontrou e, do lado de fora, gritou o que tinha ouvido:

— Fecha-te, Sésamo!

Feliz da vida, Ali Babá correu para casa e mostrou o que havia encontrado para Jamila que, muito esperta, disse:

— Como vamos saber o quanto isso vale, Ali Babá? Além disso, temos que esconder esse tesouro, porque nossa vida é muito simples. As pessoas vão desconfiar.

Depois de alguns momentos, Jamila continuou:

— Já sei. Vou à casa de seu irmão pedir uma balança emprestada para Sada e, enquanto isso, você abre um buraco para guardarmos o tesouro...

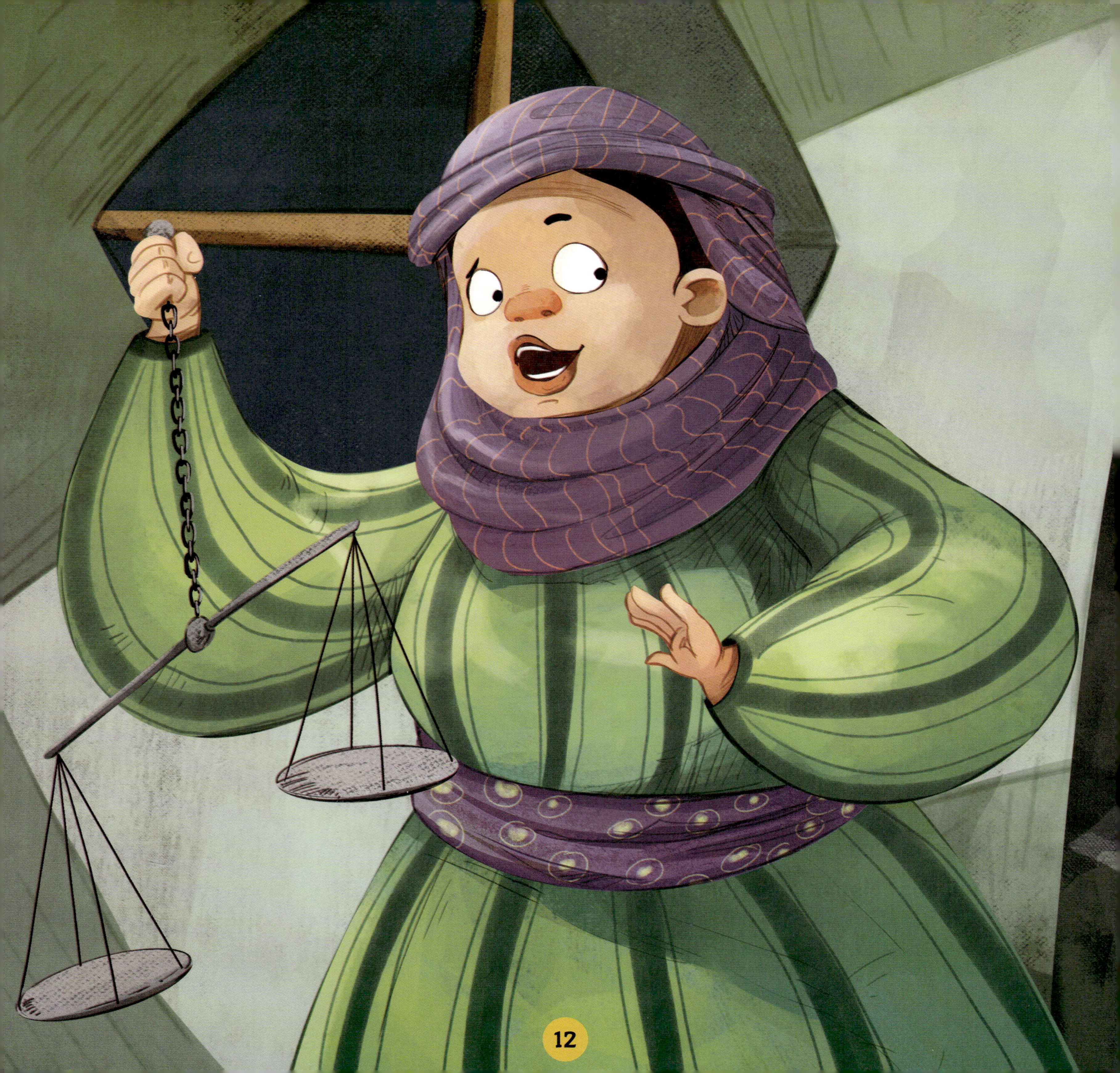

Jamila, ansiosa, correu até a casa de Sada que, ao pegar a balança para emprestar, ficou curiosa para saber o que eles iam pesar tão tarde da noite. Assim, passou cola no fundo do prato da balança.

Jamila voltou para casa e, enquanto pesava as riquezas que o marido havia trazido, Ali Babá calculava o quanto tinham e colocava cada montinho no fundo do buraco que ele havia cavado.

Quando terminaram de colocar a terra para cobrir tudo, Jamila devolveu a balança para Sada sem reparar que uma pequena moeda de ouro tinha ficado grudada no prato.

Cassim chegou em casa tarde e cansado. Enquanto jantava, Sada disse:

— Hoje, Jamila me pediu a balança emprestada e, ao devolvê-la, encontrei esta moeda. Acho que, enquanto seu irmão procurava lenha, ele acabou encontrando árvores que dão frutos de ouro!

Cassim não respondeu, mas sua cabeça estava a mil. Precisava saber onde seu irmão havia conseguido aquela moeda. Sua curiosidade era tanta, que não dormiu a noite inteira.

No outro dia bem cedo, bateu na porta de Ali Babá e pediu explicações.

— Meu irmão, sei que você encontrou um tesouro. — E mostrou a moeda para ele. — Não minta para mim, porque Sada me contou sobre a balança.

Ali Babá tinha um caráter muito bom, então resolveu contar seu segredo. Falou sobre a caverna, explicou como entrar e sair de lá e aconselhou-o a levar alguns jumentos para carregar o tesouro para casa.

Antes que seu irmão saísse, Ali Babá pediu que ele repetisse as palavras mágicas para ter certeza de que Cassim não ficasse preso lá dentro.

15

Pouco tempo depois, os homens voltaram. Ao verem os jumentos carregados com o tesouro, correram por todos os lados para encontrar quem tinha entrado na caverna. Cassim ouviu as vozes e tentou se esconder, mas eles o encontraram e o prenderam com os ouvidos tampados para que ele não ouvisse as palavras mágicas e conseguisse fugir com o tesouro, mantendo o segredo deles a salvo.

15

16

Cassim voltou para casa e, com alguns jumentos, foi até a floresta para procurar a caverna. Ao encontrá-la, fez como o irmão havia ensinado e gritou:

— Abra-te, Sésamo!

Ao ver a entrada se abrir, Cassim entrou com seus jumentos e, lá de dentro, disse:

— Fecha-te, Sésamo!

Quando a caverna se fechou, Cassim finalmente pôde admirar o brilho de todas as riquezas que podiam ser suas. Infelizmente, enquanto ele enchia os potes e os sacos com tudo que podia encontrar de valor, ele nem se lembrou de que devia continuar repetindo as palavras mágicas em sua cabeça.

Depois de um tempo, quando havia arrumado os jumentos e estava pronto para voltar para casa, gritou as palavras de que se lembrava, mas a caverna não se abriu. Cassim, desesperado, tentou de todo jeito e, exausto, caiu no chão gritando montes de palavras, mas nada acontecia.

Ele havia esquecido do mais importante: Sésamo.

Pouco tempo depois, os homens voltaram. Ao verem os jumentos carregados com o tesouro, correram por todos os lados para encontrar quem tinha entrado na caverna. Cassim ouviu as vozes e tentou se esconder, mas eles o encontraram e o prenderam com os ouvidos tampados para que ele não ouvisse as palavras mágicas e conseguisse fugir com o tesouro, mantendo o segredo deles a salvo.

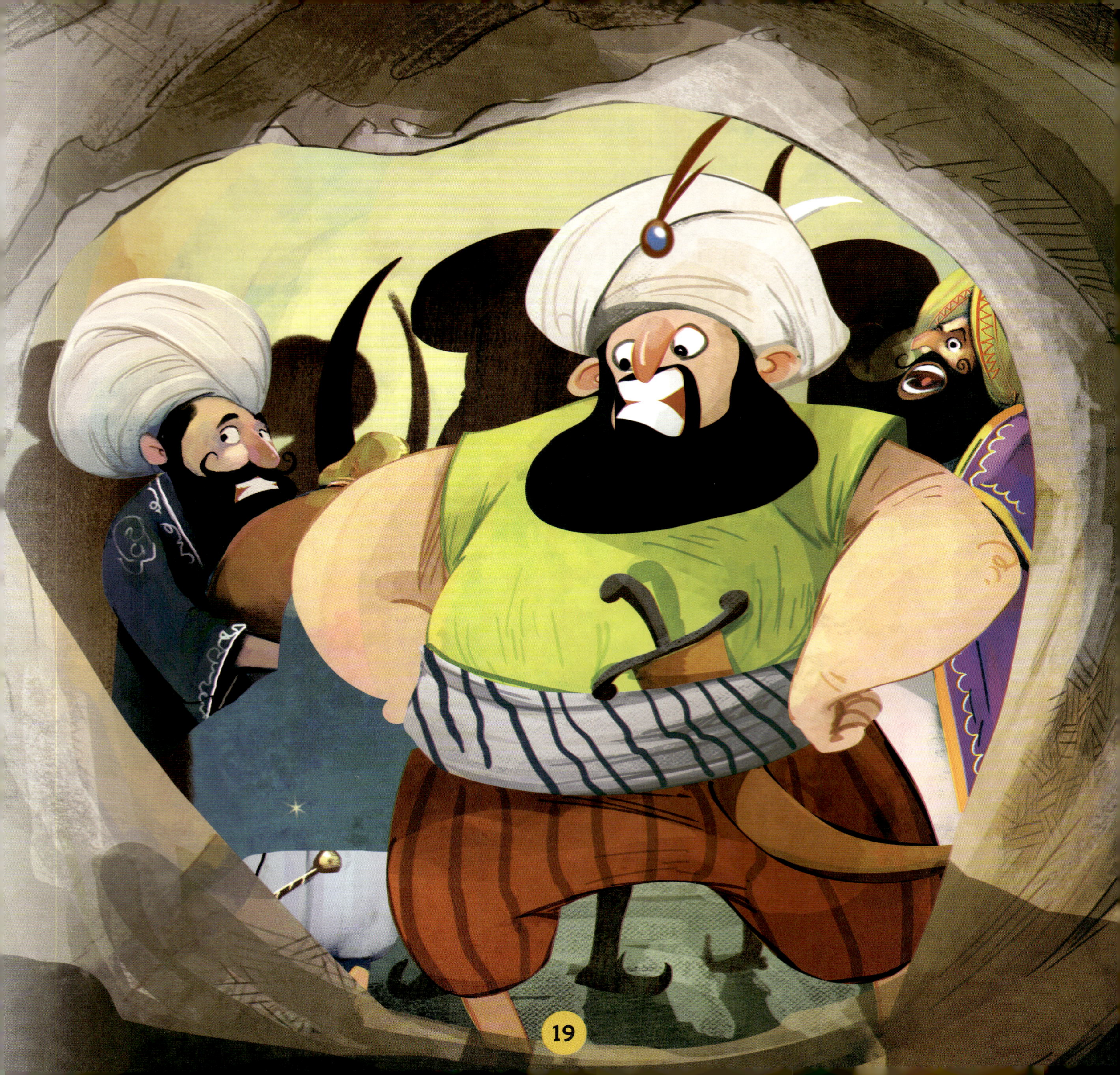

À noite, preocupada, Sada resolveu ir à casa de Ali Babá para pedir ajuda, que decidiu sair em busca do irmão, para ver se alguma coisa grave tinha acontecido.

Antes de ir, Ali Babá conversou com Sada sobre a situação. Se os quarenta homens tivessem visto Cassim, seria melhor que ele fugisse com ela para outra cidade, porque os homens ficariam com medo de que a história sobre o tesouro se espalhasse pelo mundo — e ela, triste por ter que abandonar sua cidade e família, concordou.

Ali Babá correu pela floresta. Ao chegar à caverna, escondeu-se até ter certeza de que estava sozinho e, então, disse as palavras mágicas, entrou e fechou a porta.

Encontrou Cassim amarrado e muito assustado. Rapidamente, soltou-o, ajudou-o a subir em um dos jumentos e colocou no outro dois sacos de ouro. Após fechar a entrada da caverna, foi para casa, pois sabia que precisava pensar em um plano para proteger o irmão e a fortuna que eles haviam tirado do esconderijo.

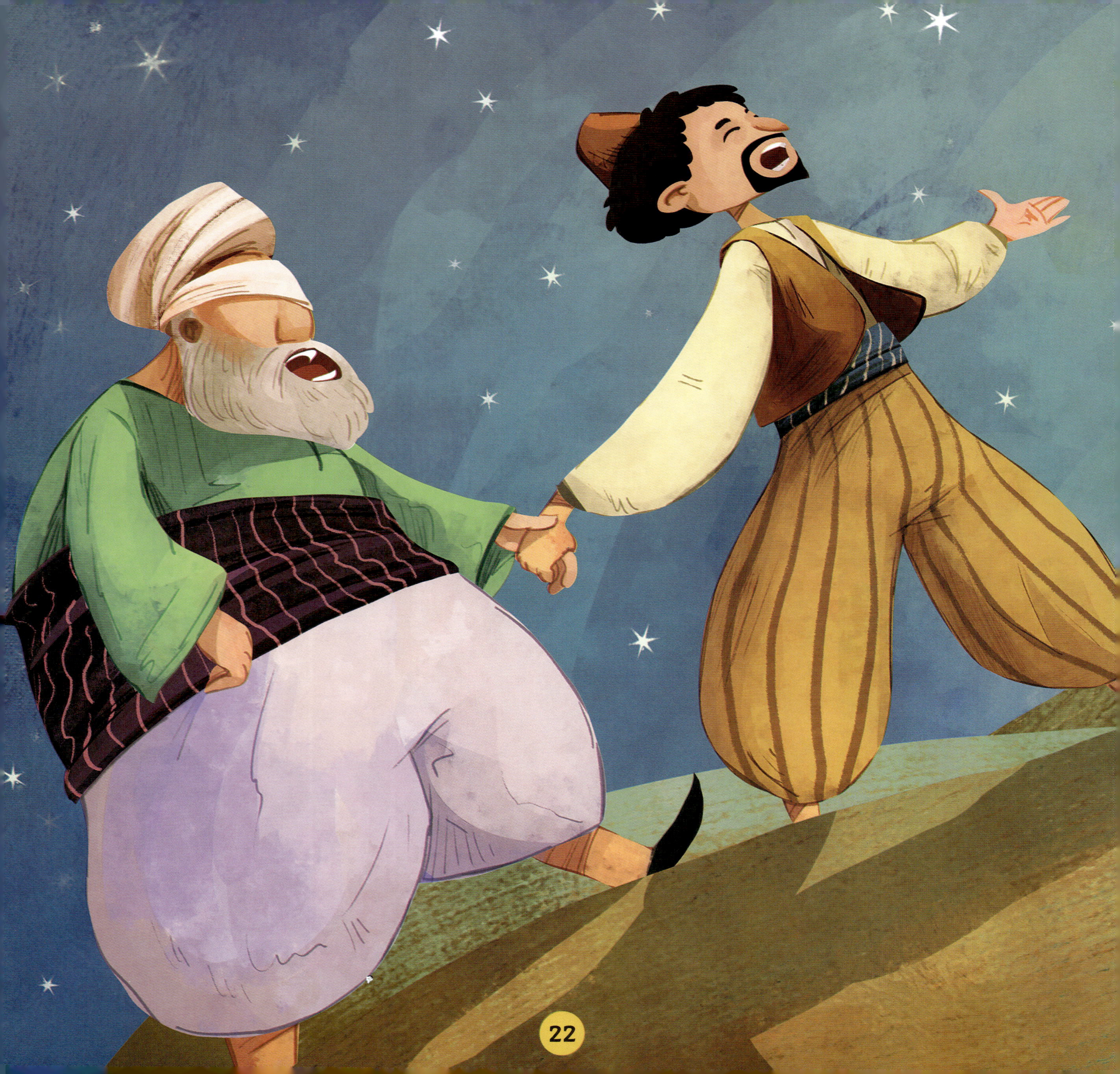

Ali Babá passou em sua casa para deixar um dos sacos de ouro com Jamila, e correu para a casa de Cassim. Chegando lá, encontrou Morgiana, uma moça muito inteligente que trabalhava para a cunhada.

Enquanto comiam, Ali Babá explicou que Sada e Cassim teriam que fugir e, para isso, precisariam de roupas mais quentes, pois o inverno se aproximava e era frio para onde eles iam.

— Vá tranquilo, Ali Babá — disse Morgiana. — Vou esconder Cassim e Sada nos fundos da casa e, se alguma coisa acontecer, dou um jeito de te avisar.

Mais calmo, Ali Babá correu até a loja de Mustafá, o alfaiate, desculpou-se pela hora e perguntou se ele poderia costurar casacos para duas pessoas que iam se mudar para um lugar mais frio por causa de uma emergência familiar.

Mustafá achou o pedido meio estranho, ainda mais porque Ali Babá disse que ele pagaria a mais se o alfaiate usasse uma venda para não ver o caminho até a casa dessas pessoas. Mustafá pensou, pensou e estava prestes a recusar, mas Ali Babá colocou algumas moedas de ouro em suas mãos, o que foi suficiente para que ele mudasse de ideia e prometesse que os casacos ficariam prontos o mais rápido possível.

Na casa de Cassim, Morgiana arrumava as coisas da família para a viagem enquanto Mustafá costurava. Algumas horas depois, Mustafá, exausto, cobriu os olhos com a venda novamente, e Ali Babá o levou de volta para casa. Já Cassim e Sada, com a ajuda de Morgiana, preparavam suas malas para levarem também seus sacos de ouro. Tinham que ter muito cuidado... então, depois de tudo pronto, resolveram esperar até a noite seguinte, porque seria mais seguro.

Durante a manhã, os homens voltaram à caverna, mas o irmão de Ali Babá tinha sumido. Preocupado, o líder foi até a cidade e, enquanto procurava por Cassim, ouviu Mustafá falando sozinho sobre uma encomenda urgente que tinha recebido de última hora. O líder do bando puxou papo e perguntou onde moravam aqueles clientes, mas Mustafá disse que não sabia, pois tinha ido até lá vendado. O líder ofereceu a Mustafá muitas moedas de ouro e vendou seus olhos para que ele se lembrasse do caminho.

Chegando ao local, o líder se despediu de Mustafá e, depois de vigiar a casa por um tempo, foi até a porta e desenhou um X bem grande para que pudesse encontrá-la depois. Morgiana, que passava para cá e para lá ajudando Sada a arrumar as malas, reparou na presença do líder e ficou de olho. No momento em que ele foi embora, correu para fora da casa de Cassim e viu o que o homem tinha feito.

Morgiana resolveu pintar um X em toda a vizinhança para que o líder não reconhecesse a casa de Cassim e, no dia seguinte, quando os homens voltaram, em vez de encontrarem o irmão de Ali Babá, acabaram achando o X nas paredes das casas de toda a cidade.

Por mais que eles examinassem cada um deles, não se lembravam das portas ou encontravam Cassim. Sem chances de encontrar o homem que levou parte de seu tesouro, o líder do bando resolveu voltar para a floresta para bolar um novo plano. Dessa vez, estaria mais preparado e recuperaria todo o tesouro que havia sumido.

Na caverna, o líder viu o monte de jarros enormes que eles tinham. Eram grandes o bastante para que cada um dos homens se escondesse lá dentro, então ele carregou cada um dos vinte cavalos que eles tinham com dois jarros cada. Assim, encheu um único jarro com óleo, que levava para disfarçar, e pediu que os homens se escondessem nos outros 39.

No dia seguinte, o líder chegou à cidade fingindo ser um rico mercador de óleo. De acordo com seu plano, passaria vendendo sua mercadoria pelas casas e, mais cedo ou mais tarde, acabaria encontrando Cassim.

E assim fez. Visitou muitas ruas e, ao final do dia, parou seus vinte cavalos, por acaso, na frente da casa de Cassim, que continuava escondido com a esposa, Sada, nos fundos. Como Ali Babá sabia que precisavam de óleo para suas lamparinas, ele abriu os portões e convidou o líder para entrar.

Ao ver todos aqueles jarros, Ali Babá pediu a Morgiana que o ajudasse a avaliar a mercadoria e, como já era quase noite, preparasse um quarto e uma refeição para o visitante, pois ele precisava de um lugar para dormir.

Enquanto Morgiana enfileirava os cavalos, bateu em um jarro por engano.

— Já está na hora? — disse um dos homens, que pensava falar com o líder, bem baixinho, ao levantar um pouco a tampa.

Morgiana, muito esperta e percebendo que havia alguma coisa errada, engrossou a voz e respondeu, sussurrando:

— Quase. Espere só mais um pouco.

Ao ver que ela, Ali Babá, Jamila, Cassim e Sada estavam em perigo, Morgiana encheu um pote com água e bateu forte em um dos jarros. Quando o homem tirou a tampa e se levantou, ela jogou água na cara dele, que se assustou e fugiu, juntamente com os outros trinta e nove, que não queriam ir para a cadeia.

O líder, que também tinha fugido, se reuniu com seus homens e bolou outro plano: dessa vez, pegaria alguns dos lindos objetos que estavam na caverna e montaria uma loja na vizinhança de Ali Babá e de Cassim, que, ao ficar sabendo que o líder estava rondando sua casa, decidiu adiar um pouco a fuga para não colocar Sada em perigo.

Com o tempo, o líder, que estava disfarçado para que Ali Babá não o reconhecesse, acabou fazendo amizade com a família. Dizia que se chamava Hassan e que tinha muitos negócios nas redondezas.

Ali Babá, para mostrar sua hospitalidade, convidou Hassan para jantar. Como ele vestia roupas elegantes e era muito educado, Ali Babá nem desconfiou de que ele podia ser uma pessoa ruim ou, pior, o líder dos homens que estavam atrás de Cassim.

Durante o jantar farto, com frango e muitas frutas, Hassan conversou animadamente com Ali Babá e Jamila, sempre tentando descobrir informações sobre Cassim.

Morgiana, ao passar pela sala, reconheceu o líder, apesar do disfarce e daquelas roupas tão caras. Precisava fazer alguma coisa para salvar todo mundo, então deixou os dez cachorros da casa escaparem da coleira. Latindo e muito bravos, eles entraram pela casa e foram na direção de Hassan, que fugiu pela janela.

Antes que Ali Babá e Jamila pudessem reclamar, Morgiana explicou que Hassan era o líder dos quarenta homens e que estava disfarçado de mercador para encontrar Cassim e o tesouro.

Jamila e Sada, felizes com o cuidado de Morgiana, deram a ela algumas das joias que seus maridos haviam trazido da caverna na floresta.

Com o passar dos dias, eles ainda esperaram pela volta do líder, mas ele nunca mais apareceu.

Sossegados, Cassim e Sada não tiveram mais que se mudar, Ali Babá e Jamila continuaram com sua vida tranquila e ninguém jamais apareceu pelas ruas de Bagdá perguntando sobre qualquer um deles e muito menos sobre o tesouro ou a caverna.

35

Confira as outras histórias da coleção:

Ali Babá	Heidi	O Soldadinho de Chumbo
Alice no País das Maravilhas	João e o Pé de Feijão	Mogli
Aladim	Chapeuzinho Vermelho	A Pequena Sereia
Bambi	O Gato de Botas	O Flautista de Hamelin
A Bela e a Fera	Rapunzel	O Patinho Feio
Cinderela	Rumplestiltskin	O Mágico de Oz
A Roupa Nova do Rei	A Bela Adormecida	Os Três Porquinhos
Cachinhos Dourados	Branca de Neve	Miudinha
As Viagens de Guliver	Peter Pan	A Ilha do Tesouro
João e Maria	Pinóquio	O Rato da Cidade e o Rato do Campo

REGINA DRUMMOND é autora de muitos livros para crianças e jovens, tradutora e contadora de histórias. Sua obra já recebeu vários prêmios e destaques, além de ter sido traduzida para outros idiomas.

WEBSITE: WWW.REGINADRUMMOND.COM.

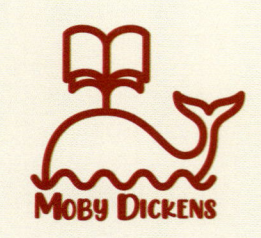

Moby Dickens

ESTA OBRA FOI IMPRESSA
EM MARÇO DE 2022